CATALOGUE

DE

LIVRES FRANÇAIS

ANCIENS ET MODERNES

LA PLUPART ILLUSTRÉS

DONT LA VENTE AURA LIEU LE SAMEDI 11 JUILLET 1874

A 2 heures très-précises

HOTEL DES COMMISSAIRES-PRISEURS, RUE DROUOT

SALLE N° 4

Par le ministère de Me BOUSSATON, Commissaire-Priseur

RUE DE LA VICTOIRE, 41, PARIS.

PARIS

ADOLPHE LABITTE

LIBRAIRE DE LA BIBLIOTHÈQUE NATIONALE

4, rue de Lille, 4.

1874

CATALOGUE

DE

LIVRES FRANÇAIS MODERNES

(Bibliothèque Richard Lesclide)

THÉOLOGIE.

1 **Biblia sacra**, vulgatæ editionis, Sixti V. Pont. M. Jussu recognita, et Clementis VIII auctoritate edita. — (Edition à la sphère). — Coloniæ Agripinnæ. — Sumpt. Hœr. Bernardi Gualteri et sociorum. C. I, Ix XXXXVII cum privilegio S. Cæsaræ Maj. — (Volume très-bien conservé, sauf quelques taches. Reliure veau plein, à nerfs).

2 **Bible illustrée** (la), en deux volumes réunis (Ancien et Nouveau Testament). — Le titre du premier volume manque. — Edition de Lyon. Iean Royavlx, imprimeur, demeurant en rue de la Blancherie, 1620. — Reliure veau, exemplaire fatigué.

3 **Bréviaire romain** (le), suivant la réformation du saint Concile de Trente, imprimé par le commandement du pape Pie V; revu et corrigé par Clément VIII; mis en français par Michel de Marolles, abbé de Villeloin. — Quatre forts volumes in-8, avec frontispice et dédicace au cardinal de Mazarin, divisés par saison, reliure maroquin noir, à nerfs, plats et tranches dorés. — (La reliure de la partie d'automne est différente). — Paris, Sébastien Huré et Frédéric Léonard, 1659.

4 **Office de la Semaine Sainte** (l'), à l'usage de la maison du Roi. Jacques Collombat, Paris, 1732. — Exemplaire complet, à pages encadrées, ayant appartenu au maréchal de Richelieu. — (Très-belle reliure pleine, gaufrée, à nerfs, très-fatiguée.)

5 **Office de la Semaine Sainte** (l'), à l'usage de la maison du Roi. Jacques-François Collombat, Paris, 1748 (avec gravures). — Reliure maroquin plein, aux armes de France. (Bib. du maréchal de Richelieu).

6 **Office de l'Eglise** (l'), en latin et en français, dédié au Roi. Paris, au Palais, 1700 (avec figures et pages blanches encadrées d'or au commencement et à la fin.) — Volume in-8°, reliure chagrin plein, à bordures et fermoirs, tranche dorée.

7 **Paraphrase des Litanies de Notre-Dame de Lorette**, par un serviteur de Marie. Première édition, avec permission de l'Ordinaire. — Augsbourg, aux dépens des frères Klaube, graveurs en taille douce. — (Volume rare et curieux; une page gravée alternant avec chaque page d'impression). Reliure veau à filets et en inscription : Mme Saint-Benoît.

8 **Heures burinées**, présentées à Madame la Dauphine, par Théodore de Hansy, libraire, à Paris, sur le Pont au Change, à Saint-Nicolas. Volume entièrement gravé, nombreuses illustrations, in-8°. — (Reliure maroquin rouge plein, tranche et plats dorés).

9 **Imitation de Jésus-Christ** (l'), divisée en quatre livres, fidèlement traduits du latin de THOMAS A. KEMPIS, chanoine régulier, Paris, de l'imprimerie et des nouveaux caractères de P. Moreau, 1643, avec dédicace à la reine régente. (Edition rare en cursive. Reliure fatiguée).

10 **Œuvres choisies de Fénélon**, précédées d'une notice de M. Villemain, de l'Académie française. — Paris, Emler frères, libraires, 1829, 6 vol. in-8°, exemplaire très-bien conservé, reliure veau.

11 **Exercices spirituels de saint Ignace**, traduits en Français par M. l'abbé CLÉMENT. — Toulouse, A. Manavit, 1814, in-12, reliure veau.

12 **Histoire** des Ordres monastiques, religieux et militaires, et des Congrégations séculières de l'un et de l'autre sexe; avec des figures qui représentent tous les différents habillements de ces Ordres et Congrégations. — Huit volumes, titres rouges et noirs, très-nombreuses gravures. — Paris, J.-B. Coignard, 1714. — Exemplaire très-bien conservé, reliure veau à nerfs.

DROIT.

13 **Codes français** (les) collationnés sur les textes officiels, par Louis TRIPIER. — (Très-bel exemplaire in-4°, à pages encadrées de couleur.) — Demi-reliure.

SCIENCES.

14 **Phrénologie** (la), le Geste et la Physionomie, démontrés par 120 portraits, sujets et compositions, gravés sur acier par H. BRUYÈRES, peintre, beau-fils du docteur Spurzheim. — Paris, Aubert et Ce, 1847, grand in-8°, demi-reliure, grandes marges.

15 **Arithmétique choisie** (l') ou Pratique des négociants, avec un Traité des changes, par le sieur Jean-Baptiste ROUQUETTE, arithméticien-juré de Bordeaux. — Bordeaux, imprimerie Pierre Brun, 1751, vol. in-8°, signé de l'auteur, reliure maroquin rouge plein, tranche et plats dorés.

16 **Histoire naturelle** (l') éclaircie dans deux de ses parties principales : la lithologie et la conchyoliologie, dont l'une traite des pierres et l'autre des coquillages. — Paris, de Bure, 1742. Beau vol. in-4°, avec de très-belles gravures, reliure veau, aux armes d'Arche de Luxe.

17 **Grand trictrac** (le) ou méthode facile pour apprendre sans maître la marche, les termes et les règles de ce jeu, par M. l'abbé S***. — Avignon, Alex. Giroud, seul imprimeur de Sa Sainteté, 1756, avec de nombreuses gravures, vol. in-12, reliure veau.

SCIENCES OCCULTES.

18 **Science curieuse** (la) « ou Traité de la Chiromancie, recueilli des plus graves autheurs qui ont traité de cette matière, avec plus de mille gravures et de précieuses indications manuscrites. — Paris, chez François Clovsier, court du Palais, 1667. » (Très-rare.) Grand in-4°, reliure veau, à nerfs.

19 La collection complète des trois années de l'**Almanach de la main,** par DESBAROLLES, avec gravures).

OUVRAGES ILLUSTRÉS ANCIENS ET MODERNES

20 **Vues** des belles maisons de France. — Les places, portes, fontaines, églises et maisons de Paris; les châteaux et jardins de France, faits par Perelle. — A Paris, chez M. Langlois, rue Saint-Jacques, à la Victoire. — Collection de 250 gravures environ in-folio, reliure fatiguée, 1700 (?)

21 **Versailles** immortalisé par ses merveilles parlantes (texte latin et français). — Très-nombreuses gravures; titres rouge et noir. « Deux beaux vol. in-4°. » 1720. (Les autres volumes n'ont pas paru). — Très-rare. Reliure veau à nerfs.

22 **Hommes illustres** (les) qui ont paru en France pendant ce siècle, avec leurs portraits au naturel, par M. PERRAULT, de l'Académie française. — Edition originale, Paris, Antoine Dezallier, 1696. — Deux vol. in-folio. Reliure veau à nerfs.

23 **Recueil d'estampes** (titre allemand) : Recueil pour l'instruction de toutes gens, pour le clergé et pour les laïques, pour les personnages de haute et de petite condition. On y voit représentés des empereurs turcs et leurs généraux; on y voit aussi toutes sortes de pièces d'art et de dessin, les sept planètes, les dix âges, des cavaliers, des capitaines de cavalerie et autres chefs militaires, des positions diverses de chevaux, toutes sortes de jeux gymnastiques, des combats, des figures de casques et de chaperons.

Le tout décrit et dépeint avec soin et richesse par le très-illustre et renommé Jean-Ammon de Nuremberg, revu et corrigé par les maîtres d'art et de peinture et divers amateurs. — Francfort-sur-le-Mein, 1599.

Dans le même volume se trouve le

VENATVS ET AVCVPIVM ICONIBVS ARTIFICIOSISS.
AD VIVVM EXPRESSA
ET SUCCINCTIS VERSIBUS ILLUSTRATA

Per Joan. Adam Lonicerum, Francfortanum. — Francforti, Impensis Sigismundi Feyerabendij, 1582, belle reliure veau fauve, nombreuses gravures.

24 **Monde tel qu'il sera** (le), par Emile SOUVESTRE, illustré par MM. BERTALL, O. PENGUILLY et SAINT GERMAIN, **An 3000**, édité par W. Coquelard. — Paris, grand in-8°, demi-reliure.

25 **Etoiles** (les), dernière féerie, par J. J. GRANDVILLE, texte par Méry. Astronomie des dames, par le comte Fœlix. — Paris, G. de Gonet et Martinon, et Leipzig, — typographie Plon, grand in-8° avec gravures coloriées, demi-reliure fatiguée.

26 **Paul et Virginie**, par J. H. BERNARDIN DE SAINT-PIERRE, et la Chaumière indienne. — Paris, L. Curmer, 1838 (gravures de choix, premiers tirages), demi-reliure rouge tranche dorée.

27 **Masques et bouffons** (Comédie italienne), texte et dessins par Maurice SAND, gravures par A. MANCEAU, préface par Georges SAND (gravures en couleur). — Paris, Michel Lévy frères, 1860, 2 beaux vol. grand in-8°, demi-reliure, tranche dorée.

28 **Contes des fées** (les) en prose et en vers, de Charles PERRAULT, 2e édition, précédés d'une lettre de Ch. GIRAUD, de l'Institut. — Lyon, imprimerie Louis Perrin, 1865, demi-reliure, cuir de Russie.

29 **Contes des fées** (les) en prose et en vers, de Charles PERRAULT, 2e édition. (Même ouvrage que le précédent). Exemplaire sur papier teinté. — Lyon, Louis Perrin, 1865, en feuilles non rognées, cartonnage mobile.

30 **Contes** (les) de Perrault, continués par TIMOTHÉE TRIMM, illustrés par Henry de Montaut, vol. in-folio, 1865, demi-reliure rouge, complet, mais en mauvais état.

31 **Ingénieux hidalgo Don Quichotte de la Manche** (l'), par MIGUEL de CERVANTÈS SAAVEDRA, traduit et annoté par Louis VIARDOT, vignettes de TONY JOHANNOT. — Paris, J.-J. Dubochet et Ce, 1845, grand in-8°, demi-reliure, tranche dorée.

32 **Roland furieux**, de l'Arioste, traduction nouvelle, en prose, par M. V. Philippon de la MADELAINE, édition illustrée de trois cents vignettes et de vingt-cinq magnifiques planches tirées à part sur chine, par MM. TONY JOHANNOT, BARON, FRANÇAIS et C. NANTEUIL. — Paris, J. Mallet et Ce, 1844, grand in-8°, demi-reliure, tranche dorée.

33 **Aventures de Lazarille de Tormes**, revues par A. ROBERT, avec des gravures sur bois. — Paris, Charlieu frères et Huillery, 1865, grand in-8°, demi-reliure, tranche dorée.

34 **Contes fantastiques** d'Hoffmann, traduction nouvelle de F. CHRISTIAN, illustrés par GAVARNI. — Paris, Lavigne, 1843, gr. in-8°, demi-reliure.

35 **Contes** de Charles NODIER, avec des eaux-fortes de TONY JOHANNOT (épreuves de choix). (Manque quatre pages de texte). — Paris, J. Hetzel, 1846, in-8°, demi-reliure, tranche dorée.

36 **Histoire de Manon Lescaut** et du chevalier des Grieux, par l'abbé PRÉVOST, illustrations de TONY JOHANNOT et notice de Jules JANIN. — Paris, E. Bourdin, très-bel exemplaire grand in-8°, demi-reliure, tranche dorée.

37 **Werther**, par GOETHE, traduction de Pierre LEROUX, préface de Georges SAND, dix eaux-fortes de TONY JOHANNOT. — Paris, Lecou et Hetzel, grand in-8°, demi-reliure, tranche dorée.

38 **Vicaire de Wakefield** (le), par GOLDSMITH, traduction et notice de Charles NODIER, avec dix vignettes de TONY JOHANNOT, gravées sur acier. — Paris, Lecou et Hetzel, grand in-8°, demi-reliure, tranche dorée.

39 **Peau de Chagrin** (la), par H. de BALZAC. — Paris, Houdaille et Ce, éditeurs. (Edition rare, avec gravures sur acier dans le texte, et deux doubles gravures avant la lettre), grand in-8°, demi-reliure rouge.

40 **Petites misères** de la vie conjugale, par H. de BALZAC, illustrée par BERTALL. — Paris, Chlendowski, grand in-8°, demi-reliure.

41 **Dame aux Camélias** (la) d'Alexandre DUMAS fils, préface de Jules JANIN, édition illustrée par GAVARNI. — Paris, librairie moderne, G. Havard et Michel Lévy frères, 1858, grand in-8°, demi-reliure plate et tranche dorée.

42 **Symphonies** (les) de l'hiver, par Jules JANIN, illustrations de GAVARNI. — Paris, Morizot, 1858, grand in-8°, demi-reliure, tranche dorée.

43 **Capitaine Fracasse** (le), de Théophile GAUTIER, édition originale, illustrée de soixante dessins de Gustave DORÉ (gravures de choix). — Paris, Charpentier, 1866, cartonnage.

44 **Tasse à Thé** (la), par A. KAEMPFEN (Henri ESTE), illustrée par WORMS. — Paris, J. Hetzel, grand in-8°, demi-reliure, tranche dorée.

45 **Livre** de mes Petits-Enfants (le), par M. DELAPALME, dessins par M. H. GIACOMELLI. — Paris, L. Hachette, 1866, vol. in-4°. Très-bel exemplaire, demi-reliure.

46 **Si Jeunesse savait, si Vieillesse pouvait**, par Frédéric SOULIÉ, auteur des *Mémoires du Diable.* (!) — Vol. in-4° illustré par GAVARNI, GIRAUD et GAGNON, demi-reliure.

47 **Mémoires du Diable** (les), par Frédéric SOULIÉ (édition complète en un volume). — Boulé et Ce, 1845, in-8°, demi-reliure, vol. fatigué.

48 **Mille et un Jours** (les), contes persans, turcs et chinois, traduits par PETIS DE LA CROIX, CARDONNE-CAYLUS et SAINTE-CROIX-AJPOT. Edition illustrée de nombreuses gravures sur bois. — Paris, Pourrat frères, demi-reliure, grand in-8°, tranche dorée.

49 **Contes de Fées** (les) de Mme LEPRINCE DE BEAUMONT, préface de MÉRY, illustrations par GAVARNI. — Paris, Librairie Centrale, 1865, grand in-8°, demi-reliure.

50 **Scènes populaires**, dessins à la plume par Henri MONNIER. — Paris, E. Dentu, 1864, in-8°, demi-reliure.

51 **Œuvres** choisies de GAVARNI, revues, corrigées et nouvellement classées par l'auteur. — Premier volume : *Les Enfants terribles* ; *Traductions en langue vulgaire*; *Les Lorettes*; *Les Actrices*. — Deuxième volume : *Fourberies de femmes en matière de sentiment*; *Clichy*; *Paris le soir*. — Avec des notices de T. GAUTIER, Laurent JAN, LIREUX et Léon GOZLAN. — Paris, Hetzel, 1846, deux vol. réunis en un.
Ensemble :

Adieux de Don Juan (les), poème dramatique, par Arthur de GOBINEAU. — Paris, Jules Labitte, 1844, grand in-8°, demi-reliure, tranche dorée.

52 **Œuvres** de RABELAIS, précédées d'une notice de P.-L. JACOB (édition de Louis Barré, illustrée par Gustave DORÉ), avec les couvertures (gravures de choix, premiers tirages). — Paris, J. Bry aîné, 1854, in-4°, demi-reliure.

53 **Fastes** (les) de Versailles, ou Versailles sous la Révolution, l'Empire, la Restauration, et sous le règne de Louis-Philippe, par M. Hippolyte FORTOUL ; édition illustrée de gravures sur acier. — Paris, P.-H. Krabbe, 1852, grand in-8°, demi-reliure, tranche dorée.

54 **Chants et Chansons populaires de la France**; notices par DUMERSAN ; piano par COLET. — Premier volume : Chants guerriers, patriotiques et bachiques. — Deuxième volume : Chansons et chansonnettes burlesques et satiriques (Paris, Lecrivain et Toubon, 1860, gravures sur acier). — Troisième volume : Chansons choisies, romances, rondes et complaintes (Paris, Librairie nouvelle, Bourdilliat et Ce,

1860, gravures sur acier). — Quatrième volume : Chansons populaires des provinces de France; notices par CHAMPFLEURY, piano par J.-B. WEKERLIN (Paris, Lecrivain et Toubon, 1860, gravures sur bois). Exemplaire complet et très-bien conservé, 4 vol. in-4°. demi-reliure.

55 **Œuvres** de George SAND, illustrées par Tony JOHANNOT et Maurice SAND, réunies en quatre volumes, contenant : — Premier volume : *La Mare au Diable ; André ; Métella ; Le Compagnon du Tour de France ; Mouny Robin ; Isidora ; Aldo le Rimeur ; Jacques ; Simon ; Gabriel ; Un Hiver à Majorque.* — Deuxième volume : *Les Maîtres mosaïstes ; Les Sauvages de Paris ; Mauprat ; Indiana ; Melchior ; Leone Leoni ; Lucrezia Floriani ; Le Château des Désertes ; Lavinia ; Le Secrétaire intime ; La dernière Aldini ; Les Missisipiens.* — Troisième volume : *Le Meunier d'Angibault ; Cora ; La Petite Fadette ; Jeanne ; Le Péché de M. Antoine ; Kourroglou ; Jean Liska ; Matter ; Procope le-Grand ; L'Uscoque ; Les Visions de la Nuit.* — Quatrième volume : *Le Piccinino ; Teverino ; Lélia ; Consuelo.*—Grands in-4° à deux colonnes, demi-reliure. (Ces éditions sont absolument épuisées.)

MUSIQUE.

56 **Musique** des Chansons de Béranger, airs notés anciens et modernes (sixième édition), avec la musique des nouvelles chansons et trois airs par HALÉVY et Mme MAINVIELLE-FODOR, illustrations par GRANDVILLE (album de Béranger). — Paris, Perrotin, 1853, in-8°, demi-reliure rouge, tranche dorée.

57 **Thésée**, tragédie mise en musique par M. de LULLY, surintendant de la musique du Roi. — Poème et partition. — A Paris, par Christophe Ballard, seul imprimeur du Roi pour la musique, et se vend à la porte de l'Académie royale de musique, rue Saint-Honoré. — 1688, volume in-folio, reliure veau.

58 **Le Trophée**, divertissement à l'occasion de la victoire de Fontenoy, mis en musique par MM. REBEL et FRANCŒUR, surintendants de la musique du Roi.

Ensemble :

Zélindor, roi des Sylphes, divertissements par les mêmes. — Les paroles sont de M. de MONTCRIF, lecteur de la Reine et l'un des Quarante. — Paris, 1745. — Gravé par le sieur Hue, in-4°, reliure veau.

BELLES LETTRES

POÈTES ANCIENS & MODERNES

59 **Dictionnaire** de la langue verte, d'Alfred DELVAU. — Paris, E. Dentu, 1866 ; l'un des cent exemplaires tirés sur papier de Hollande (n. 31).

60 **Odes d'Anacréon**, avec cinquante-quatre compositions par GIRODET, traduction d'Ambroise FIRMIN DIDOT, typographie de Firmin Didot frères. — Paris, 1864, vol. broché.

61 **Publii Virgilii Maronis** Carmina omnia perpetuo commentario ad modum Joannis Band, explicuit Fr. DURNER.—Parisiis, ex-typographia Firminorum Didot, 1858. (Impression noire, filets rouges, avec photographies dans le texte; couverture toile, non rogné).

62 **Quinti Horatii Flacci**, opera cum novo commentario ad modus Joannis Band. — Parisiis, ex typographia Firminorum Didot, 1855. (Impression rouge et noire, avec photographies dans le texte, couv. toile, non rogné).

63 **Nouvelle traduction** des métamorphoses d'Ovide, par M. Fontanelle, avec frontispice et gravures à chaque livre. — Lille, J.-B. Henry, 1772, 2 vol. reliés en veau, in-8°.

64 **Œuvres galantes** et amoureuses d'Ovide (les). Nouvelle édition en 2 vol. in-12, titre rouge et noir et frontispices. — Amsterdam, Marc Michel Rey, 1771.

65 **Contes et nouvelles** en vers, par Jean de La Fontaine. Titre gravé : A Paris, chez Tourneisen fils, libraire, 1808. (Texte de l'édition Delahays, de 1858, sur fort vélin.) — Portraits annexés de Lafontaine (Rigault) et de Louis XIV (Mignard). — Série complète, AVANT LA LETTRE, de 83 gravures, dites de l'Edition des Fermiers-généraux. — Un vol. relié en 2 vol., demi-reliure.

66 **Contes** de M. de La Fontaine, enrichis de tailles-douces. — A Amsterdam, chez Henry Desbordes, 1685. (Deux volumes réunis en un.) Très-jolie reliure pleine, en maroquin vert, à filets ; tranche dorée.

67 **Fables choisies**, mises en vers par M. de La Fontaine, avec un nouveau commentaire de M. Coste, nouvelle édition, ornée de figures en taille-douce. — Paris, 1769, 2 vol. in-12, titre rouge et noir, portrait et gravure à chaque fable.

68 **Fables** de La Fontaine, avec un nouveau commentaire littéraire et grammatical, par Ch. Nodier. — 3e édition, 2 vol. in-8° réunis en un seul. — Paris, Emler frères, imp. Didot, 1828, demi-reliure.

69 **Fables** de La Fontaine, avec les dessins de Gustave Doré, et les essais de gravures en double des fables suivantes : Le Loup et l'Agneau ; — Le Chêne et le Roseau ; — le Lion et le Moucheron ; — le Paon se plaignant à Junon ; — la Jeune Veuve ; — les Animaux malades de la peste ; — un Animal dans la Lune ; — les Compagnons d'Ulysse. — Paris, L. Hachette et Ce, 1868.

70 **Œuvres de M. Gresset**, (les) nouvelle édition, revue, corrigée et augmentée. — Vienne, Garhat Bernes, 1743.

71 **Stalactites** (les), par Théodore de Banville, 2e édition. — Paris, Michel Lévy frères, 1846, in-8°, demi-reliure.

72 **Odes Funambulesques**, de Théodore de Banville, impression rouge et noire, avec un frontispice gravé à l'eau-forte par Bracquemond, d'après Charles Vallemot. — Alençon, Poulet-Malassis et de Broise, 1857. (Exemplaire bien conservé, reliure rouge en maroquin plein).

73 **Fer rouge** (le), nouveaux châtiments, d'Albert Glatigny. — France et Belgique, 1871, édition grand in-8° sur papier de Hollande, grandes marges, titre rouge.

74 **Contes Rémois** (les), par M. le comte de C., dessins de Meissonnier. — Troisième édition, 1858, Michel Lévy frères. (Gravures de choix, très-bien venues, demi-reliure rouge).

75 **Contes en vers**, par M. D*** (Daillant de la Touche). — A Amsterdam et se trouve à Paris chez les marchands de nouveautés, 1783. Demi-reliure fatiguée.

76 **Poésies** de M. de Grécourt, nouvelle édition augmentée d'un très-grand nombre de pièces, avec titres et frontispices en taille douce. — Londres, 4 volumes, reliure veau.

77 **Œuvres** complètes de M. le C. de B. (Cardinal de Bernis), de l'Académie Française. Dernière édition. — Londres, 1777, 2 vol. in-16, reliure maroquin plein, à filets.

78 **Virgile travesti** en vers burlesques, de SCARRON. — Paris, chez Divers, 1752. Trois vol. in-16, reliure veau, aux armes d'A. de Luxe.

79 **Tableau de nos poètes vivants** par ordre alphabétique (année 1789). — A Londres et à Paris, chez l'auteur et les marchands de nouveautés. (Commence par Andrieux et Arnaud de Baculard), vol. in-8°, très-soigné, reliure veau, tranche dorée.

80 **Collection de l'Almanach des Muses, de 1785 à 1806**, renfermant toute la période révolutionnaire. — 18 années, reliées en 9 volumes, veau à nerfs. (Manque 1795, 1796, 1797, 1798.)

81 **Jardins** (les) ou l'art d'embellir les paysages, poème par M. l'abbé DELILLE, de l'Académie française (2e édition). — Paris, chez Valade et Cazin, à Reims, 1782, frontispice et titre en taille douce, avec notes, volume in-8°, reliure veau.

82 **Fantaisies de jeunesse**, d'Albert MILLAUD. Exemplaire rare, avec deux eaux-fortes, de H. de Montaut, tirées en rouge et en double sur papier de Hollande et parchemin, avec les trois dédicaces de l'auteur et la couverture. — Paris, 1866, in-8°, papier teinté, demi-reliure, tranche rouge.

83 **Une Chansonnette** des Rues et des Bois (C. MONSELET). — A Chaillot et au *Petit Journal*, 1865. Brochure in-32, première édition, couverture rose, papier teinté.

84 **Une Chansonnette** des Rues et des Bois (Charles MONSELET). — A Chaillot et au *Petit Journal*, 1865. Brochure in-32, 2e édition, avec l'avis de l'éditeur, couverture rose, papier teinté.

85 Les deux années de l'**Almanach** des Rues et des Bois, à l'usage des poètes, pour 1866 et 1867, (indispensable à tous les gens de bien.) — A Chaillot et au *Petit Journal*, 1866 et 1867. Deux brochures in-16, couverture rose, papier teinté.

THÉATRES.

86 **Dictionnaire portatif** des Théâtres, contenant l'origine des différents théâtres de Paris, le nom de toutes les pièces jouées depuis leur établissement ou jouées en province, avec des anecdotes et des remarques. — Paris, C.-A. Jambert, 1754, vol. in-12, reliure veau.

87 **Théâtre italien** (le), de GHERARDI, ou le Recueil général de toutes les Comédies et Scènes françaises jouées par les Comédiens italiens du Roi. — Première édition, avec tous les airs gravés et notés. Six volumes, titres rouge et noir; Amsterdam, Adrien Braakman, 1701, avec gravure à chaque pièce et frontispice, reliure veau à nerfs.

88 **Théâtre** de MM. DE MONTFLEURY père et fils, nouvelle édition augmentée de trois comédies. — Paris, par la Compagnie des Libraires, 3 volumes, 1739, in-12, reliure veau. (De la bibliothèque Partarrieu).

89 **Théâtre** de P. Corneille, avec des commentaires et autres morceaux intéressants. — Dix volumes. (Edition de Voltaire, avec gravures en taille-douce à chaque pièce) 1776, reliure veau plein à nerfs.

90 **Recueil** de pièces de théâtres des dix-septième et dix-huitième siècles, par ordre alphabétique. — Tragédies — Comédies — Opéras bouffes. — 26 vol. in-8° reliés.

91 **Œuvres** de Molière, précédées de la notice de M. Sainte-Beuve, avec les vignettes de Tony Johannot (édition sur deux colonnes). — Paris, J.-J. Dubochet, 1841, demi-reliure, tranche dorée.

92 **Etudes sur Molière**, ou observations sur la vie, les mœurs, les ouvrages de cet auteur, et sur la manière de jouer ses pièces, pour faire suite aux diverses éditions des œuvres de Molière, par Cailhava. — Imp. Hacquart, 1802, vol. in-oct. Demi-reliure, non rogné.

93 **Lucrèce ou la femme sauvage**, parodie en un acte et en vers de la *Lucrèce* de M. Ponsard, par MM. Gabriel Richard et Charles Monselet, représentée aux Variétés de Bordeaux, le 7 octobre 1843. — Bordeaux, imp. Duviella, 1843, brochure in-4°.

94 **Ariel**, drame fantastique en trois actes et un prologue, avec chœurs, par MM. Gabriel Richard et Charles D.; non représenté, très-rare. — Bordeaux, imp. Lazard Lévy, 1845, brochure in-4°.

95 **Les trois Gendarmes**, parodie en un acte et en vers des *Mousquetaires* de MM. A. Dumas et Maquet, par MM. Gabriel Richard et Charles Monselet; représentée aux Variétés de Bordeaux, le 18 avril 1846. — Bordeaux, imp. Causserouge, 1846, brochure in-4°.

96 **Bordeaux en 1847**, revue de l'année en trois parties, ornée de chants et de tableaux vivants, par MM. G. Richard et A. Picot. — Bordeaux, Remy, libraire, 1847, brochure in-8°.

97 **Proverbes dramatiques**, de Carmontelle. (Deuxième édition sans nom d'auteur.) — Six volumes. Versailles, chez Poinçot, libraire, et à Paris, 1783. — En très-bon état, demi-reliure.

98 **Théâtre de campagne**, par Carmontelle, auteur des *Proverbes dramatiques*. — Paris, Ruault, 1775. — 4 vol. in-8°, reliés en deux forts volumes, reliure veau.

99 **Les Jeux de la petite Thalie** ou nouveaux petits drames dialogués sur des proverbes. - Premier et Dernier âge, par M. de Moissy. — Paris, Bailly, 1769, 2 vol. in-8°, avec frontispice gravé, reliure veau. (La reliure du deuxième volume rongée.)

100 **Marion Delorme**. (édition originale). — Paris, Eugène Renduel, 1836, in-8° demi-reliure, non rogné.

101 **Le Théâtre d'autrefois**, chefs-d'œuvre de la littérature dramatique, publié en 1842 par le Musée des Familles. — Collection complète, 3 volumes, (100 à 120 pièces diverses), réunis en un fort volume in-4°, demi-reliure fatiguée.

102 **Théâtre complet** de Sheridan, traduit par F. Bonnet. — Paris, Fournier jeune, 1831, 2 vol. in-8° brochés.

ROMANS.

103 **Amusements des eaux de Spa**, ouvrage utile à ceux qui vont boire les eaux minérales sur les lieux, enrichi de tailles douces qui représentent les vues et perspectives du bourg de Spa, des fontaines, des promenades et les environs. — Amsterdam, chez Pierre Mortier, 1752, 4 vol., reliure veau, aux armes de A. de Luxe, in-12.

104 **Amours pastorales** de Daphnis et de Chloé (les), traduites du grec de Longus, par J. Amyot, avec gravure. — Paris, Ant. Aug. Renouard, 1803, in-12, reliure chagrin, plats et tranche dorés.

105 **Œuvres du comte Hamilton**, avec notice de J.-B. Champagnac, avec portrait. — Paris, Salmon, 1825, 2 vol. in-8°, demi-reliure.

106 **Œuvres du comte Hamilton**, complètes, avec portrait et gravures. — Antoine-Augustin Renouard, 1812, trois vol. in-8°, reliure veau, exemplaire très-bien conservé.

107 **Paysan perverti** (le) ou les Dangers de la Ville, par N.-E. Rétif de la Bretone. — Première édition, imprimée à La Haye, et se trouve à Paris, 1776; édition complète, avec toutes les gravures, quatre volumes, reliure veau.

108 **Paysanne pervertie** (la) ou les Dangers de la Ville, histoire d'Ursule R***, sœur d'Edmond, le paysan, par l'auteur du *Paysan perverti*. — Imprimé à La Haye, et se trouve à Paris. Edition complète : 4 vol., reliure veau. (Cet ouvrage, réuni au *Paysan perverti*, renferme 114 estampes.)

109 **Prévention nationale** (la), action adaptée à la scène, en cinq actes, avec deux variantes; ouvrage de Rétif de la Bretonne. Deux volumes avec gravures, reliure veau.

110 **Mimographe** (le) ou Idées d'une honnête femme pour la réformation du Théâtre national (Rétif de la Bretonne). — A Amsterdam et à La Haye, 1770, vol. in-8°, reliure veau.

111 **Instituteur d'un Prince royal** (l'), tiré d'un ouvrage irlandais intitulé *O-Ribeau et O-Ribelle*, publié en français sous le titre des *Veillées du Marais*. — 4 volumes brochés, Paris, veuve Duchesne, 1792. (L'un des ouvrages les plus originaux de Rétif de la Bretonne.)

112 **Art** (l') de corriger et de rendre les hommes constants, par Mme la baronne de Vasse, 2e édition. — Paris, Royer, 1789, vol. in-16, reliure veau, à filets, tranche dorée.

113 **Lettres** de Ninon de Lenclos au marquis de Sévigné, avec sa vie, et portrait gravé. 2 vol. in-12, titre rouge et noir. — Amsterdam et Paris, 1757, reliure veau, aux armes d'Arche de Luxe.

114 **Aventures merveilleuses** (les) de Don Sylvio de Rosalva, par l'auteur de l'histoire d'Agathon. (Traduit de l'allemand.) — Dresde, 1769, Georges-Conrad Walther, libraire de la Cour, 2 vol. in-12 cartonnés. Impression singulière.

115 **Voyage sentimental en France**, par M. Sterne, sous le nom d'Yorick, traduit de l'Anglais par M. Frenais, augmentée des lettres d'Yorick à Elisa, et d'Elisa à Yorick. Première édition française. Deux parties réunies en un volume. — Paris, veuve Duchesne, et Toulouse, J.-B. Broulhiet, 1788, in-12, reliure veau.

116 **Optique ou le Chinois à Memphis** (l'), essais traduits de l'Egyptien. — Londres, Marc-Michel Rey, 1763. Deux parties réunies en un vol. in-12. Reliure veau.

117 **Voyages de Gulliver** dans des contrées nouvelles, par Swift. Traduction nouvelle illustrée par Grandville (vol. fatigué). — Paris, 1845, tranche dorée, cartonnage en mauvais état.

118 **Voyage où il vous plaira**, par Tony Johannot, Alfred de Musset et P. J. Stahl. « La vie est un songe. » Edition originale publiée par Hetzel en 1843, gravures choisies, exemplaires en très-bon état, in-4°, demi-reliure.

119 **Pléïade** (la), ballades, fabliaux, nouvelles et légendes (Homère, Veda-Vyasa, Marie de France, Burger, Hoffmann, Ludwig Tieg, Ch. Dickens, Gavarni, H. Blaze.) — Paris, L. Curmer, 1842. Edition complète et bien conservée, reliure chagrin plein, tranche dorée.

120 **Tanzaï et Néadarné**, histoire Japonaise. — A Pékin, chez Louchouchula, seul imprimeur de S. M. chinoise, pour les langues étrangères. Edition originale, 1735, titre rouge et noir, avec le singe. Deux volumes réunis en un, reliure veau, à nerf.

121 **Petit Toutou** (le), par M. de Bibiena. — Amsterdam, 1775. Deux parties réunies en un vol. in-12, demi-reliure.

122 **Honny soit qui mal y pense**, ou histoire des Filles célèbres du dix-huitième siècle. (Fabulæ narrari creduntur, historiæ sunt). — A Londres, 1761. Deux parties réunies en un volume broché.

123 **Triomphe de l'Amitié** (le), ouvrage traduit du Grec, par Mlle de XX. (Amicitias immortales esse oportet. T. Liv.). — A Londres et à Paris, chez Bauche, 1751. Titre rouge et noir, deux parties en un vol. in-12, reliure veau.

124 **Histoire du roi de Bohême** et de ses sept châteaux. — Paris, Delangle frères, 1830. (Edition originale avec vignettes, demi-reliure).

125 **Contes drolatiques** (les), colligés ès abbaies de Touraine et mis en lumière par le sieur de Balzac, pour l'esbattement des pantagruélistes et non aultres. Premier et second dixain. — Paris, C. Gosselin, 1832 et 1833, titres rouge et noir, 2 vol. in-8°, demi-reliure.

Ensemble :

126 **Berthe** la repentie (contes drolatiques), par H. de Balzac. — Paris, H. Souverain, 1839, vol. in-8°, broché.

127 **Stello**, par le comte Alfred de Vigny. Première consultation. — Paris, C. Gosselin et Ce, 1836, demi-reliure.

128 **Suzanne**, par M. Edouard Ourliac. — Paris, Dessessart, éditeur, 1840, vol. in-8°, réparé, complet, demi-reliure.

129 **Chemin de traverse** (le), par Jules Janin, nouvelle édition entièrement revue et corrigée par l'auteur. — Paris, Jules Chapelle, 1841, in-8°, demi-reliure.

130 **Couronne de bluets** (la), par Arsène Houssaye. N° 3 de la série des Romans sentimentals. — Paris, Hippolyte Souverain, 1841, édition contenant la moralité ou Biographie de l'auteur, par Théophile Gautier, de la province du Béarn, membre de l'Institut historique, vol. in-8°, demi-reliure fatiguée.

131 **Chemin de Rome** (le), s'il vous plaît ? — Lyon, Louis Perrin, imprimeur, 1850, avec le portrait de l'auteur, Edouard Delessert ; exemplaire non rogné, demi-reliure (très-rare).

132 **Lorgnette littéraire** (le), dictionnaire des grands et petits auteurs de mon temps, par M. Charles MONSELET. — Paris, Poulet-Malassis et de Broise, 1857, in-8°, couverture toile rouge.

133 **Aveux** (les) d'un pamphlétaire, de Charles Monselet. — Paris, Victor Lecou, 1854, in-32, demi-reliure.

134 **Voyage autour de ma maîtresse**, de Gabriel RICHARD (épuisé). — Collection Michel Lévy frères, 1852, vol. in-12, relié.

135 **Aventures** de l'abbé de Choisy habillé en femme. — L'un des 200 exemplaires sur vélin de l'édition de 1870, volume broché.

136 **Pas de lendemain**, brochure sur papier de Hollande, non rognée, avec encadrements rouges, tirée à très-petit nombre pour les amis de l'auteur, in-4°. — A Paris, chez l'auteur, 1869.

137 **Merveille** (la), par Charles HOUGO, en deux faces : 1. Le Cosmos fini, traité en cinq parties et en prose ; — II. L'Iliade finie, tragédie en cinq actes et en vers. — Paris, Viesener et Ce, 1867, vol. in-8°, broché.

138 **Plaidoyer pour ma maison**, par Hippolyte TISSERAND, du Gymnase et de l'Odéon, avec une post-face de Jules JANIN, édition sur papier rose. — Paris, 1866, in-12 broché.

139 **Mes Broutilles**, de CARMOUCHE, dernières poésies de cet auteur, avec cette épigraphe : « On ne se gêne pas avec ses amis. » Exemplaire exceptionnel sur fort vélin. — Paris, 1866, vol. in-12, rel. bibliophile.

140 **Farfadets** (les), ou tous les démons ne sont pas dans l'autre monde, par Al. VINC, Ch. BERBIGUIER de TERRE-NEUVE du THYM, ouvrage orné de huit superbes (?) dessins lithographiés. — Paris, chez l'auteur, 1821. Trois forts volumes brochés. (Il manque quatre pages aux notes du dernier volume).

141 **Don Quichotte de la Manche**, traduit de l'espagnol de Michel de CERVANTES, par FLORIAN, jolie édition, Imp. P. Didot, 1799. — Paris, Deterville, libraire, au chiffre de Didot, 6 vol. in-16, avec gravures, reliure veau.

142 **Affinités électives** (les), roman de GŒTHE, traduit de l'allemand. — Trois vol. in-12, reliés en deux vol. (les deux premiers réunis) cartonnés. Paris, Lhuillier, libraire, 1810.

VOYAGES.

143 **Voyage autour du Monde**, par la frégate du Roi *la Boudeuse* et la flûte *l'Etoile*, en 1766, 1767, 1768 et 1769. — Paris, Saillant et Nyon, libraires, 1771, avec cartes, grand in-4°, relié, fatigué.

144 **Voyage de la Trappe à Rome**, par le R. P. Marie-Joseph de GERAMB, abbé et procureur général de la Trappe. — Paris, Adrien Leclère et Ce, et Laval, 1838, in-8°, broché, avec le portrait de Grégoire XVI.

145 **Voyage pittoresque autour du Monde**, par Louis CHORIS, peintre, avec descriptions et observations par MM. le baron Cuvier, A. de Chamisso et le docteur Gall. — Volume in-folio, en feuilles, sous couverture, très-nombreuses gravures. — Paris, imp. Didot, 1822.

146 **Itinéraire** pittoresque aux comtés de Chester, Derby, Leicester, Lincoln, Nottingham et Rutland, avec soixante-treize vues sur acier, traduit de l'anglais d'Alexandre SOSSON. — Londres, Paris et New-York, 1837-1838, album, reliure toile, tranche dorée.

147 **Itinéraire** pittoresque au nord de l'Angleterre, dans les comtés de Westmorland, Cumberland, Durham et Northumberland, (avec un texte français) et cent quarante-six gravures sur acier. — Londres, 1835-1836, 2 vol. albums reliure toile, tranche dorée.

148 **Italie pittoresque** (l'), par MM. de NORVINS, Ch. NODIER, Alexandre DUMAS, Ch. DIDIER, WALCKENAER, LEGOUVÉ, Al. ROGER, H. BERLIOZ, R. de BEAUVOIR, H. AUGER. — Paris, Amable Costes, 1837, in-4° à deux colonnes, avec de nombreuses gravures, demi-reliure.

149 **Promenades** d'un artiste en Tyrol, Suisse et Nord de l'Italie, avec vingt-six gravures, d'après STANFIELD et TURNER. — Paris, Jules Renouard, grand in-8°, demi-reliure.

150 **Voyage en Italie**, par Jules JANIN, avec gravures sur acier. — Paris, Ernest Bourdin, 1838-1840, grand in-8°, demi-reliure, tranche dorée.

51 **Bords du Rhin** (les), par Eugène GUINOT, avec gravures sur acier. — Paris, Furne et Bourdin, vol. grand in-8°, demi-reliure, tranche dorée

152 **Promenades** d'un artiste sur les bords du Rhin, en Hollande et en Belgique, avec vingt-six gravures sur acier. — Paris, Jules Renouard, 1830, vol. grand in-8°, demi-reliure.

153 **Forêt Noire** (la), études, impressions et voyages sur les bords du Rhin. — Paris, 1866. Essai d'illustrations photographiques animées, texte de divers auteurs. Bel in-4°, demi-reliure, titres et plats dorés, tiré à 210 exemplaires, (n. 206).

154 **Zigzags**, par Théophile GAUTIER. — Paris, Victor Magen, éditeur, 1845, vol. in-8° broché.

155 **Course en voiturin** (Italie et Sicile), par Paul de MUSSET, avec un autographe de l'éditeur. — Paris, Victor Magen, 1845, 2 vol. reliés en un seul, toile rouge, in-8°.

156 **Histoire pittoresque** du Mont Saint-Michel et de Tombeline, par Maximilien RAOUL, ornée de 14 gravures à l'eau-forte, par Boisselat. — Paris, Abel Ledoux, 1833, in-8° broché.

157 **Empire ottoman illustré** (l'), Constantinople ancienne et moderne, et les sept églises de l'Asie mineure, album illustré de gravures sur acier, d'après les dessins de Thomas ALLOM. (Texte de MM. Léon Galibert et C. Pellé). — Paris et Londres, album reliure toile, tranche dorée.

158 **Voyage** en Terre-Sainte, par F. DE SAULCY, membre de l'Institut. — Paris, Librairie Académique de Didier, 1865. Deux vol. grand in-8°, avec de nombreuses cartes, demi-reliure.

159 **Vingt-et-un jours à la mer morte**, par Edouard DELESSERT. Tiré à 53 exemplaires (n. 17). — Paris, impr. Crapelet, 1851, demi-reliure.

160 **Algérie** (l') ancienne et moderne, depuis les premiers établissements des Carthaginois jusqu'à la prise de la Smala d'Abd-el-Kader (vignettes sur acier de RAFFET et ROUARGUE frères), avec cartes. — Paris, Furne et Cᵉ, 1841, demi-reliure, tranche dorée.

CHRONOLOGIE.

161 **L'art de vérifier les dates**, très-bel exemplaire bien conservé, titre rouge et noir. — Paris, 1750, chez Guillaume Desprez et Pierre-Guillaume Cavelier.

HISTOIRE ANCIENNE.

162 **Histoire romaine** éclaircie par les médailles, avec planches. — Paris, chez Moutard, 1783. Reliure veau.

163 **Antiquités romaines** expliquées dans les Mémoires du comte de B***, contenant ses aventures, — divisées en trois parties, et enrichies de plus de cent belles planches en taille douce. — A La Haye, chez Jean Neaulme, 1750, volume in-4°. reliure veau à nerfs.

HISTOIRES ÉTRANGÈRES.

164 **Histoire d'Olivier Cromwell**, par Raguenet, dédiée à Bossuet, évêque de Meaux. — Paris, Claude Barbin, 1691, grand in-4°, reliure veau à nerf.

165 **Histoire** de ce qui s'est passé en Ethiopie, Malabar, Brésil et les Indes orientales, de 1620 à 1624, lettres adressées à la Compagnie de Jésus et traduites de l'italien en français par un P. Jésuite. — Paris, Sébastien Cramoisy, 1628. Vol. in-8°, reliure veau à filets.

HISTOIRE DE FRANCE.

166 **Nouvel abrégé chronologique de l'Histoire de France**, de Clovis à Louis XIV, 3e édition, orné de vignettes et fleurons en taill, douce. — Paris, 1749, très-bel exemplaire in-4°, curieuses gravures tranche et plats dorés.

167 **Mémoires** (les) de Messire Philippe de Commines, chevalier seigneur d'Argentan, sur les principaux faits et gestes de Louis onzième et Charles huitième, son filz, roys de France, reveus et corrigés pour la seconde fois par Denis Sauvaige, de Fontenailles en Brie, historiographe du très-chrétien Roy Henri IIe de ce nom. — A Lyon, par Ian de Tournes. 1559, édition à filets, soulignée et annotée (Bib. du duc de Richelieu).

168 **Histoire impartiale du procès de Louis XVI**, ci-devant roi des Français, ou Recueil complet et authentique de tous les rapports ou discours faits à l'Assemblée nationale, par L.-F. Jauffret. — Paris, imp. C.-F. Parlet, 1792, l'an 1er de la République française, 8 vol. in-8°, reliure veau.

169 **Mémoires** pour servir à l'histoire du Jacobinisme, par M. l'abbé Barruel, Trois forts volumes brochés in-8°. — A Hambourg, chez P. Fauche, libraire, 1798.

170 **Fanatisme dans la langue révolutionnaire** (du), ou de la Persécution suscitée par les barbares du dix-huitième siècle contre la religion chrétienne et ses ministres, par Jean-François Laharpe. — Paris, Migneret, rue Jacob, 1186 (?) 1797, vol. in-8°, broché.

171 **Compte rendu au roi** par M. Necker, directeur général des finances, au mois de janvier 1781. Imprimé par ordre de Sa Majesté. — Paris, imp. Royale, 1781, vol. in-4°, reliure veau.

172 **Caffé politique d'Amsterdam** (le), dialogues sur les affaires politiques du temps (sans titre ni noms d'auteur ni d'imprimeur). — Londres (?) 1774 (?) 2 vol. in-8°, reliure veau, tranche jaspée.

173 **Constitution** (la) en vaudevilles, suivie des droits de l'homme et de la femme et de plusieurs autres vaudevilles constitutionnels, par M. Marchant. - Paris, chez les libraires royalistes, vol. in-32, reliure veau.

174 **Almanach** national de France, l'an III de la République française, une et indivisible (1794) avec la division du temps en heures décimales. — Fort vol. de 544 p.

175 **Almanach** de poche pour l'année 1710, avec gravures, détails curieux et les singularités annuelles qui se passent à Paris. — Vol. in-32, reliure veau, tranche dorée.

176 **Napoléonide** (la) ou les fastes de Napoléon. — Traduit de l'Italien de M. Petroni, par M. Tercy. — **Odes et Médailles**; — notes de MM. Poggi et Biagioli, médailles de M. Pécheux, gravées par M. Piroli. -- Ouvrage interrompu à la douzième livraison. — Paris, 1811 et années suivantes. Didot, grand papier vélin, grand in-4°.

177 **Souvenirs numismatiques de la Révolution de 1848**, Recueil complet des médailles, monnaies et jetons qui ont paru en France du 22 février au 20 décembre 1848 (F. de Saulcy, depuis sénateur). — Paris, J. Rousseau, 1849, in-4°, demi-reliure.

178 **Quatrième Race** (la), par G. Hugelmann (très-rare depuis 1870). — Paris, E. Dentu, 1863, deux vol. in-8° brochés, vers et prose.

ÉPOQUE DE 1815 à 1830.

179 **Dictionnaire des girouettes** ou nos contemporains peints par eux-mêmes, ouvrage qui résume les variations de 25 ans et les places, faveurs, titres obtenus par les hommes d'Etat, gens de lettres, généraux, artistes, sénateurs, chansonniers, évêques, préfets, journalistes, ministres ; 2e édition, avec gravure coloriée. — Paris, A. Eymeri, 1815, vol. in-8°, demi-reliure.

180 **Chansonnier du Royaliste** (le) ou l'Ami des Bourbons, très-petit vol. in-64, relié maroquin vert plein, tranche verte, fleurdelysé, en étui, très-rare. — Paris, Davé et Locard, libraires des Gardes du Corps, 1815.

181 **Panache d'Henri IV** (le) ou les Phalanges royales en 1815, par J. Delandine de Saint-Esprit, ouvrage orné de plusieurs gravures. Au frontispice, Henri IV apparaît, porté sur l'auréole de la gloire, et dépose son panache sur le front du héros (?) — Paris, A. Égron, imp. du duc d'Angoulême, Mars 1817, 2 vol. brochés.

182 **Poésies diverses** dédiées au roi par Mme la comtesse d'Hautfoul, avec cette épigraphe de Clio à ses sœurs : « Les talents peuvent tout quand un roi les honore. » — Paris, François Louis, 1821, in-8° broché.

183 **Vie du Dauphin** père de Louis XVI, par Proyart, avec gravures. — Paris et Bruxelles, 1825, vol. in-12, broché.

184 **Cérémonial** du sacre et du couronnement des Rois et Reines de France, par M. A. de M. — Paris, F. Denn, 2e édition, 1825, un vol. in-12 broché.

185 **Anti-libéral** (l') ou le Chansonnier des honnêtes gens, avec cette épigraphe :

Si le diable sommeille, — Dormons
Si la trahison veille, — Veillons.

— Paris, imp. Egron, 1822, in-12, broché.

186 **Villéliade** (la) ou la prise du château Rivoli, poème héroï-comique en cinq chants, par Méry et Barthelemy, 13e édition. — Paris, chez les marchands de nouveautés, 1826, brochure in-8°.

187 **Lettres Vendéennes** ou Correspondance de trois amis en 1823, par le vicomte Walsh; dédié au roi, 2 vol. in-8°, brochés. — Paris, A Egron, 1825.

188 **Suite aux Lettres Vendéennes** ou relation du voyage de S. A. R. Madame, duchesse de Berry, dans la Touraine, l'Anjou, la Bretagne, la Vendée et le Midi de la France, en 1828. Dédiée à Mgr le duc de Bordeaux, par le vicomte Walsh, aux armes royales. — Paris, E.-F. Hivert, 1829, vol. in-8°, broché.

189 **Etrennes Bordelaises**, ou Détail général du séjour de Madame à Bordeaux, depuis son arrivée jusqu'à son départ, avec les proclamations, arrêtés, avis officiels, discours, compliments, pièces de vers, couplets publiés ou faits à cette occasion. — Bordeaux, 1824, in-12, broché.

190 **Etrennes Royales Bordelaises** pour l'an de délivrance 1814, dédiées à M. le comte de Damas. — Ensemble les années 1815, 1816, 1817, reliées en 2 vol. in-16, reliure veau.

191 **Souvenirs d'Holy-Rood. — Un dernier mot sur Holy-Rood. — Nouveaux souvenirs d'Holy-Rood**, avec gravures. — Paris, 1832, avec le cachet du jeune Henri et sa signature en fac-simile, in-12, broché.

192 **Chambord**, par J.-C. Merle. — Paris, Canel et Guyot, 1832, avec gravures, in-12, broché.

193 **Vie anecdotique** de Henri-Charles-Ferdinand-Marie-Dieudonné d'Artois, depuis sa naissance jusqu'à ce jour, avec portrait et fac simile d'une carte de France tracée et coloriée par le prince. — L. Hivert, 1832, vol. in-12, broché.

194 **Album des incorrigibles** ou Etrennes pour ceux qui ont un cœur et des Souvenirs, avec le portrait d'Henry Dieudonné. — Paris, Martin, Hivert, Bricon, 1831. Vol. de vers et de prose.

195. **Madame**, Nantes, Blaye, Paris, par M. le baron F. de Cholet, avec cette épigraphe :

« Rattachez la nef à la rive,
La veuve reste parmi nous.
Victor Hugo. »

— Paris, L.-F. Hivert, 1832, 1833, vol. rare, in-8°, broché.

196 **Lyre des Souvenirs** (la) (Caroline), romances et chansonnettes à une et deux voix, par MM. Garrigues, Vidal, Mansuy, Adam, Bayle, Turina, Mousquet, Gentrac, etc. (Album musical royaliste, 1831.) — Bordeaux, in-4°, lithographies très-curieuses. Très-rare.

PARIS.

197 **Histoire** physique, civile et morale de Paris, par J.-A. Dulaure, sixième édition, augmentée, avec appendice de J.-L. Belin, avocat. — Paris, Furne et Cᵒ, 1857, huit vol. in-8°, avec atlas et gravures sur acier, demi-reliure.

198 **Rues** (les) de Paris (Paris ancien et moderne), ouvrage annexé au précédent, mêmes auteurs et dessinateurs, sous la direction de Louis Lurine. — Paris, Kugelmann, 1844, deux vol. grand in-8°, demi-reliure, tranche dorée.

199 **Environs** (les) de Paris (paysage, histoire, monuments, mœurs, chroniques et traditions), ouvrage rédigé par l'élite de la littérature contemporaine, sous la direction de MM. C. Nodier et L. Lurine, illustré de 200 dessins par les artistes les plus distingués. — Paris, Bacrard et Kugelmann, grand in-8°, gravures de choix, demi-reliure, tranche dorée.

200 **Diable** (le) à Paris. (Paris et les Parisiens), édition originale de 1845. — Paris, J. Hetzel, deux volumes in-4° parfaitement conservés, demi-reliure noire. (A la fin du deuxième volume est annexé le *Paris à vol d'oiseau* de l'édition illustrée in-8° de *Notre-Dame de Paris*, avec gravures.)

201 **Paris** et les Parisiens au dix-neuvième siècle, mœurs, arts et monuments; texte par MM. Alexandre Dumas, Théophile Gautier, Arsène Houssaye, Paul de Musset, Louis Enault et du Fayl; illustrations par MM. Eugène Lami, Gavarni et Rouargue (gravures sur bois et sur acier). — Paris, Morizot, 1856, très-bel exemplaire grand in-8°, reliure maroquin, tranche dorée.

202 **Mes Voyages** aux environs de Paris, par J. Delort (avec cartes, gravures et autographes). — Paris, Picard-Dubois, libraire, 1821, 2 vol. in-8°, demireliure.

203 **Heures parisiennes** (les) d'Alfred Delvau, avec vingt-cinq eaux-fortes d'Emile Benassit. Titre rouge et noir. — Paris, Librairie centrale, 1866, vol. in-12, reliure cuir de Russie.

204 **Histoire anecdotique** des Barrières de Paris par Alfred Delvau, avec dix eaux-fortes d'Emile Therond. — Paris, E. Dentu, 1865, in-12, demi-reliure, tranche rouge.

CARTES.

205 **Carte** des départements de Paris, de l'Oise, de la Seine-et-Oise, de la Seine-et-Marne, de l'Eure-et-Loir, divisés par districts et cantons, conformément aux décrets de l'Assemblée nationale, par M. Poirson, ingénieur. — Paris, Esnauts et Rapilly, 1791. Carte illustrée et coloriée, sur toile, en étui.

206 **Nouveau Plan** routier de la ville et des faubourgs de Paris, divisés en quarante-huit sections, d'après le décret de l'Assemblée. — Paris, Esnauts et Rapilly, 1793. Carte illustrée et coloriée, avec un index; sur toile, en étui.

207 **Plan** de la ville de Bourdeaux et de ses faux-bourgs, dressé selon les nouvelles divisions qu'*il* présente, etc. — A Paris, chez Jean, an XIII (avec les noms républicains des places, rues, etc.). Carte sur toile, en étui.

208 **Carte** de la République de France (la Nation, la Loi et l'Egalité), divisée en quatre-vingt-cinq départements et dix arrondissements métropolitains, suivant le décret de l'Assemblée nationale. — Poirson, ingénieur, en 1793. (Alliance de piques et fusils, — Libre ou mourir!). Carte coloriée, sur toile, en étui, très-bien conservée, avec la Déclaration des Droits de l'homme et un index.

HISTOIRE DES PROVINCES.

209 **Histoire de Bretagne**, composée sur les titres et les auteurs originaux, par dom Gui-Alexis Lobineau, religieux bénédictin. — Un volume in-folio, aux armes de Bretagne, avec portrait et tombeaux en taille douce, et un grand nombre de sceaux. — Paris, veuve François Muguet, 1707, reliure veau avec armes, fatiguée.

MANUSCRIT.

210 **Mémoire sur la généralité de Bordeaux**, dressé par M. de Bezons, intendant, en l'année 1698. — Beau volume in-folio, avec des notes, rel. veau (inédit).

NOBLESSE.

211 **Nouvelle méthode** raisonnée du Blason ou de l'art héraldique, du P. Monestrier, mise dans un meilleur ordre et augmentée de toutes les connaissances relatives à cette science, par M. L*** — A Lyon, chez Pierre Bruyset, Ponthus, 1770. Très-nombreuses gravures. Reliure veau.

212 **Développement** et défense du système de la noblesse commerçante, par M. l'abbé Coyer. (Deux parties réunies en un volume). — Amsterdam, 1757. Très-belle reliure pleine en maroquin, à filets.

213 **Traité** de la noblesse et de toutes ses différentes espèces, augmenté des Traités de blason des armoiries de France, de l'origine des noms, surnoms et du ban et arrière-ban, par M. de La Roque. — Rouen, Pierre Le Boucher, libraire, 1735, in-4°, reliure veau.

214 **Essai** sur l'éducation de la noblesse, par le chevalier de ***. 2 vol. avec frontispice, in-12. — Paris, Durand, — Pissot fils, 748., Reliure veau, aux armes de A. de Luxe.

JOURNAUX. — COLLECTIONS

215 **Clef** (la), ou Journal historique sur les matières du temps, contenant aussi quelques nouvelles de littérature et autres remarques curieuses, par le sieur Cousin Jacques. Cinq volumes compactes contenant les années 1728, 1729, 1730. — Paris et La Rochelle, reliure parchemin.

216 **Caricature** (la) provisoire.
— Revue morale.
— Revue satirique.
(Années 1838, 1839, 1840, 1841). Collection complète de ces quatre années; trois volumes, texte, in-folio; deux volumes, gravures en partie coloriées (Philippon). — En tout, cinq volumes demi-reliure, collection très-rare. (Quelques feuilles déchirées et enlevées.)

217 La collection complète du **Monde Bordelais** et de la **Revue Bordelaise**, pendant six mois (1845 et 1846); journaux fondés à Bordeaux par Charles Monselet (vers et prose). — Un vol. in-folio, demi-reliure.

218 **Athenœum** (l') français, journal universel de la littérature, de la science et des beaux-arts — Les six premiers mois de la collection (juillet à décembre 1852).

219 **Europe Littéraire** (l'), journal de la littérature nationale et étrangère. — Collection complète, de février 1833 à août 1835; volume in-folio, demi-reliure.

220 **Lanterne** (la) magique, journal des choses curieuses et amusantes. Première année : 1833. — Un vol. in-4°, broché, avec quelques numéros annexés.

221 **Vert-Vert** (collection incomplète du), journal quotidien, politique et littéraire. — Treize mois, en treize brochures in-folio (1833 et 1834).

222 **Colibri** (le), journal de la littérature, des arts et des modes. — Collection du 4 mai 1837 au 30 août 1838 (quelques feuilles enlevées).

223 **Peuple** (le), de J.-P. Proudhon. Collection complète (septembre 1848 à juin 1849), jusqu'à la suppression. — Un fort vol. in-folio, demi-reliure rouge.

224 **Voix du Peuple** (la) et le **Peuple** de 1850, de Proudhon. Collection complète, du 25 septembre 1849 au 18 octobre 1850. — Un fort vol. in-folio, demi-reliure rouge.

225 **Avenir** (l'), revue hebdomadaire des sciences, des lettres et des arts (E. Pelletan, Vacherot, F. Morin, A. Michiels, etc.). Collection complète. (Quarante numéros, du 6 mai 1855 au 10 février 1856.)

226 **Esprit Nouveau** (l'), journal. Collection complète (vingt-trois numéros, janvier à juin 1867). — A. de Gasperini, rédacteur en chef.

227 **Autographe** (collection des deux premières années de l'), avec la série exceptionnelle des numéros consacrés à l'Exposition de peinture : le premier volume cartonné, le deuxième en feuilles.

228 **Album** de l'Exposition illustrée de 1867. Collection complète avec les couvertures de chaque numéro (exemplaire rare). — Un vol. in-folio, illustré, demi-reliure.

229 **Revue** (la) de poche, littéraire et anecdotique. — Paris, 1867. Collection complète en trois volumes. Exemplaire neuf, reliure soignée.

230 **Gazette** (la) de Hollande, par les rédacteurs de la *Revue de poche*. Collection complète : vingt-deux numéros, du 10 août 1867 au 4 janvier 1868.

231 **Nouvelle Revue** (la) de poche, littéraire, anecdotique et bibliographique.—Paris, Librairie de l'Académie des Bibliophiles, titre rouge et noir, 1868. Collection complète reliée en deux volumes, reliure soignée (très-rare).

232 **Ballon-Poste** (Collection complète du journal le), publié pendant le siége de Paris, avec ses deux affiches (vingt-deux numéros). — Paris, Alcan-Lévy, 1870.

233 **Nouvelle Némésis** (Collection complète de la). Huit numéros : du 8 août 1868 au 4 octobre 1868, papier de Hollande. Très-rare.

234 **Revue** (la) **rétrospective**, littéraire, historique et anecdotique (Abel d'Avricourt, rédacteur en chef), 15 décembre 1869 au 15 février 1870. — Les cinq numéros parus, vol. de cent soixante pages.

235 **Petit Journal** (le), Collection complète des trente premiers mois (1863 à 1864). Cinq forts vol. in-folio, demi-reliure rouge.

236 **Nouvel Illustré** (Collection complète du), en deux volumes. — 1° Période à un sou le numéro (24 avril au 14 novembre 1866). — 2° Période à deux sous le numéro (15 novembre 1866 au 30 avril 1867). Deux vol. in-folio, demi-reliure rouge.

237 **Le Vélocipède illustré et la Vitesse** Collection complète des journaux (1869, 1870, 1871, 1872), Le premier volume relié.

238 **Chiromancie illustree** (Collection complète du journal la), de Desbarrolles. — 1869, imp. Claye.

239 **Parodie** (Collection complète du journal la), d'André Gill et Coinchon.

240 **Renaissance** artistique et littéraire (Collection complète du journal la), 1872, 1873, 1874 (le premier volume relié).

241 **Paris à l'Eau-forte**. Première année, en trois volumes illustrés. (Mars 1873 à mars 1874.) Trois vol. in-4°, illustrés de trois cents eaux-fortes environ, reliure soignée.

242 **Paris à l'Eau-forte.** Premier volume, sur vélin, grandes marges, avec cent eaux-fortes environ (Mars à juillet 1873). — Cette édition n'a pas été continuée.

ENCYCLOPÉDIE.

243 **Dictionnaire** de la conversation et de la lecture, édition originale. — Paris, Belin-Mandar, 1833. Cent quatre livraisons, formant 52 vol. à deux colonnes, demi-reliure.

SUPPLÉMENT.

244 **The Works of** Edgar Allan Poe (avec portrait), in four volumes. Edition compacte et complète, publiée par mistress Maria Clemm, mère de l'auteur. — New-York, W.-J. Widdleton, 1864. Quatre vol. cartonnés.

245 **Historia de la Vida,** hechos y astucias sutilisimas del rustico Bertoldo, la de Bertoldino su hijo, y la de Cacaseno su nieto. — Madrid, 1823, gravures curieuses, reliure veau.

CONDITIONS DE LA VENTE.

La vente se fait au comptant.

Les réclamations devront être faites, au plus tard, dans les vingt-quatre heures qui suivront la vacation. Passé ce délai, les articles adjugés ne seront repris pour aucune cause.

Les acquéreurs paieront 5 pour 100 en sus des enchères, applicables aux frais.

Le Libraire, chargé de la vente, remplira les commissions des personnes qui ne pourraient y assister.

Meaux. — Imprimerie A. COCHET.

www.ingramcontent.com/pod-product-compliance
Ingram Content Group UK Ltd.
Pitfield, Milton Keynes, MK11 3LW, UK
UKHW020538180726
13839UKWH00006B/2592